歌集

マグノリア

遠井美保

現代短歌社

目次

跋

マグノリア

夫と娘――一九八五

のびやかに水槽泳ぐ金魚あり共に泳ぎたしと受験の娘《こ》言ふ

仕事終へ帰国せし夫は真つ先に仏壇へ向き手を合はせゐる

髪ばさみ買ひ換へねばと思ひしに娘《こ》は十四になり美容院へ行く

日英の娘ら——一九八六

親離れ子ばなれも出来じつくりと今朝も読みゐる求人の欄

例年の家族スキーもおあづけと娘はひたすらに受験勉強

我が家に泊りしカナダの女子大生ひと月たてば箸で食む蕎麦

二ヶ月かけ造り上げたる紙人形　雛段すみに娘と飾りゐる

何事もこなせし叔母が脳梗塞　丸太となりて床《ゆか》に検査待つ

我が話す米語をけなすルイーズに誇りも高き英国を見る

夜更けまで星空眺めフィーリングで日英の娘ら笑ひあひたり

高校の教師となれる友の居り主婦に納まる吾はこだはる（同窓会）

娘らはぢき家を離れると知りてから誕生日をばきちんと祝ふ

寒き日にバイクで帰る夫《つま》のため娘《こ》と玄関に三つ指つきぬ

風鈴のみ――一九八七

飼ひ馴れし兎埋めたる桜木の咲くを待ちゐる娘《こ》の入学に

自炊せる娘と会ふ夫に持たせせたし四時起きすればちまきふつくら

いつとやら嫁にだす日の支度にと文箱に刻む菊の花びら

娘《こ》の釣りし風鈴のみが音を立つ　下宿へ戻れば何もなき部屋

ワンガヌイと――一九八八

泊り来しフレミング氏と仏壇に手を合はせたり平和を祈る

長いこと黙し出かける末娘《こ》ゆゑ「行つて来ます」は家を満たせり

ゲレンデに素手で靴履く元旦は春を想はせ足どり弾む（乗鞍）

柿色の素袍身につけ菊五郎陽気に「暫」新春歌舞伎

はからずも気管切開に声なくし義父はせんべい食べたしと書く

ワンガヌイと長泉町の姉妹都市調印に臨む　会議重ねて（ニュージーランド）

ワンガヌイから電話掛け見るに「二人でも大丈夫」との娘の声近し

飛行機は吾《わ》れ独りだけの客となり操縦席に招きくれたり（マウント・クック迄）

十日振りインバカーギルに夫と会ふドアのノックを息ひそめ待つ
（ニュージーランド）

司会役一段落し飲む抹茶細かき泡が口になめらか

富士山で恋人の名を彫り込みしペンダント買ひジェニーは見入る

欧米のボランティア活動見てからは気軽に友と「特養」で掃除

（県家庭婦人海外派遣）

バイトの娘――一九八九

薪能巫女は火を持ち凛として池の端より船で火入れ式（あさば旅館）

朝夕に夫《つま》・娘《こ》送りしボロ車ハンドル撫でて廃車となせり

振袖の汚れ心配しながらも娘の二十歳《はたち》祝ふフランス料理

いま一度見せたき梅は満開に優しき義父の忌の日を迎ふ

娘は今やジャズオーケストラ前列に固き顔してアルトサックス吹く

ラーメン屋にバイト始めし娘が拭けるテーブルにわれ客として座す

見も知らぬデンマークからの客のため鼻歌まじりに障子張り替ふ

話し込み後まはしにせし皿洗ひを片付けくれるギュエ夫妻なり

「ソーリー」と日本人に言ひ顔赤らむホスト・ファミリー五日目のわれ

反対を押し切りて娘は二五〇ccのバイクに乗れり若さの特権

ニュージーランドより初海外のマーガレット成田の人波初めて見しと

夫と娘と——一九九〇

夫の記事「ああ新幹線通勤」の毎日新聞五部も買ひ込む

「三倍か四倍の値と」エレノアが恨めし顔にデパート巡る

それぞれの初海外行き吾三十七・長女十五で次女十九歳

娘との和解なきまま電車にて育てきし日々想ひ浮かべり

わが帰宅待つかのやうに娘《こ》の電報「ご免なさい」は涙で霞む

懸命に松葉杖つく娘に従きて興味あらはな視線に対きぬ

解せぬまま娘《こ》に応へたる好きな色　忘れし頃に手編みセーター届く

日本での最後の晩餐娘らが吾を招きて刺身のご馳走

成田にてわが機見送る娘《こ》らの視線深く感ぜり離陸の時に

四時間半機の到着が遅れしに夫は手を振り吾を出迎ふ（米国・モンゴメリー）

三食に米飯食むこと多くなるカリフォルニア米の安くて美味し

異国にて人間不信になりし時夫は国からの「あるご」差しだす

夫たち会議・妻たち観光——一九九一

引越して五日後夫は日本へと出張し吾の単身生活

授業はコーラ片手の先生とクラッカー食む生徒で進む（オーバン大学）

久々の学生もどきに肩張りて挨拶もせず家路を急ぐ（聴講生）

アラバマに親子揃ひて生活を始めむとする四年ぶりなり

ニューオリンズのフレンチ・マーケット二百年の歴史思はす今日の賑はひ

船上に真紅のドレスの歌手唄ひ踊る我らは映画の世界（ハドソン川）

夫たちは冷や汗かきつつ会議中妻たち真面目に観光・買ひ物

気付かずに隣の人の財布なくバッグ不気味に口を開けゐる（ニューヨーク）

水しぶき八百メートルに広がりてエメラルド色は白と競へる（ナイヤガラの滝）

いま少し英語わかればと歯軋りす舞台楽しき「オペラ座の怪人」

メニューも聞くもの全てフランス語に異邦人の語が頭をよぎる（ケベック）

エメラルド・グリーンとふ語はこの海に与へらるべしデスティンの夏

（フロリダ）

ジプシー親子――一九九二

ベルリンに友等と別れ一人にて言葉解らぬままオペラ座に坐す

午後二時ごろ目抜き通りのウインドーにこころ遊ばせひとり歩きぬ

袈裟がけのバッグ引つ張られ「ヘルプ・ミィ」と店前にしやがみ大きく叫ぶ

通る人と視線合ひても首を振り過ぎ行くのみに忙しき街

（東西統合後のベルリン）

わが英語をドイツ語にする男現れ逃げ出す親子を共に連れ戻す

警察を呼ぶよう頼み三十分到着までのながきこと長し

ジプシーの親子逮捕に警察がディナーに招くと吾を誘へり

スマートなドイツ警察を見直すも動悸をさめむとに角ホテルへ

すれ違ふ人みな恐ろし　海外の一人旅には拒絶反応

家族の絆——一九九三

真夜中にプエルトリコを出航す二千人乗せカリブ海にあり

知る人もなき海上のフロアー自信なくともステップを踏む

著者、長女、次女、夫
1992 年アメリカ・アトランタのストーン・マウンティン公園

目覚めても船の上とは気付かずに「モナーク・オブ・ザ・シーズ」号カリブ海めぐる

久々に賜びし数の子四片を異国でお節《せち》の真中に置く

録音せしテープ山なす　一対一で発音矯正リンダに学ぶ

娘は大学・吾はわが家で個人レッスン・夫は職場で英語と格闘

頼れるはじっくり話せる家族のみ異国で堅き絆を紡《つむ》ぐ

アメリカで家族の絆ふくらみぬ庭にマグノリア白く咲きみつ

二年間のアメリカ生活未練なしと娘《こ》を乗せし飛行機視界より消ゆ

「お母さん幸福な結婚良かつたね」と言ひ置きし娘《こ》のあき部屋に座す

十八ドルのアフタヌーン・ティを奮発し勿体つけて腰をおろせり

（エンプレスホテル）

エリツィン氏クリントン氏のサミットに街角あまた警察官立つ（バンクーバー）

クリントンが数時間前ジョギングせしスタンレー・パーク娘《こ》とサイクリング

母の死――一九九三

朝三時電話のベルは意志持ちて深き眠りの吾を起こせり（アメリカ　モンゴメリー）

「お母さんが亡くなりました」と聞きたれどわが頭脳まだ作動始めず

母の死の二時間前に笑顔にて別れしものをと娘《こ》は絶句する

通夜の客ひと足違ひで去りてをり静けさの中母は在せり

皺もなく笑みてゐるかの母の顔触るればやはり冷たさ伝ふ

苦しまず突然逝きし母の一世《ひとよ》責めたくもあり羨《とも》しくもあり

「今迄で一番きれい」と娘《こ》は言ひて亡き祖母の顔そつと撫でゐる

言はれるまま喪主の席にて読経する詫び事のみが次々ふくらむ

夫婦揃ひ夫の五姉妹列席す一人子の吾庇ふが如し

「素晴らしき成仏の相」言の葉にすがりて一人霊柩車に乗る

骨壺を抱へて膝にそつと置く喪服通して温さ伝はる

船頭の指示に従ひ六人のオールは前に後ろに飛べり（テネシー州の川下り）

しをり作り――一九九四

地方紙に和紙使ひたる「しをり」など大きく截りて六人の笑み
（モンゴメリー・アドヴァタイザー紙）

日本人の妻のグループで栞づくり我が家に集ひ会話も弾む
（桜サービス・グループ）

レジ近く和紙人形の栞売る本屋さん優し手数料なし

注文の電話数ます　取材せし記者の予言を嬉しく反芻

売り上げの百十ドルを女性への「駆け込み寺」に使つて貰へり
（ドメスティック・アビューズ・シェルター）

日本語講師——一九九四

オーバン大学日本語講師の依頼あり悩みながらも一年《ひととせ》教ゆ（アラバマ州）

一年の講師料すべて図書館へ日本に関する本をと託す

夫帰国しゴルフレッスンの明け暮れに開講日待つ一人の生活《たつき》

五か月を独りアメリカに残れるも支へくれたる夫のこころよ

四十日フィラデルフィアに日本語の教へ方学びし苦き想ひ出

教授法第一人者車椅子でエレノア・ジョウダン氏登壇したり

英語なる専門語多く深夜まで予習をしても理解の難し

現役の高校教師が受講生　主婦なる吾の甘さあばかる

雇用契約を持つ人無料の受講料　高額支払ふ吾は主婦なり

二単位を取らねば職を失ふと予復習に余念なき友ら

日本語を高校生に教へゐる固き顔つきカセットの中（実地試験）

二単位をやつと取得し「B」の評価大きく浮き立つ　夫へのみやげ

嫁ぐ娘——一九九五

輸血せし三十年前を因として夫発病と冷たく医師告ぐ

「高価なれば効く」と思はねど治るはずサプリメントの代金送る

二倍ものお年玉をば娘《こ》に返し夫と娘は屠蘇で乾杯

出来る時させて貰ふが我が幸と義母の乗りたる車椅子押す

偕楽園三千本の梅のなか弁当広げ平和の香り

「花贈らずご免なさい」とアメリカより娘の電話あり今日母の日に

横浜で夫と披露せし式場を二人が選び娘も出発す

花束の代りに「母」の曲を弾く嫁ぐ娘に眼《まなこ》のかすむ

後輩のオーケストラに加はりてコントラバス弾くタキシードの婿

横浜のベイブリッジを背に立つ二人しきりに響くシャッターの音

溜め水で洗へる皿に盛られたるタイの料理に箸のためらふ

自転車の荷台に乗りてそれぞれがホームステイの家に行きたり

唯一の裸電球があちこちへ移動してゆくナスティ家の夜

一枚の布団にくるまり冷え込みと隙間風とに寝返りを打つ

大垣に住む──一九九六

ユタ大学卒業式終へ帰る娘《こ》に布団干しつつ献立を練る

柔らかき関西弁に夫と吾ふんはり包まれ大垣に住む

着膨れて雪靴を履く土地の人と同化せる吾ガラスに映る

九年住みし家の柱に幼き娘《こ》の背丈記せる傷跡なぞる

白と黒の対比を見せて姫路城五層の屋根は気品漲る

数年のブランクあれど看板に「英語教室」と墨太に書く

母逝きて好物のリンゴ以前より繁く食むうち吾も好きとなる

「父」「母」の日を祝はれて今更に娘《こ》らの自立を噛みしめてゐる

夫婦して中古の自転車で巡りゆく緑色濃き美濃の農道

デパートに服選びゐるジェニーは二十《はたち》前後の女性に戻る

焼き鮎を夫と食べつつ歩みたり桜を愛づる行列のなか（吉野）

遠目に見る合掌造りの障子の白夏の陽ざしを弾き返せり

澄みわたり手の届くがに光る星　いで湯祭りに夜店ひやかす（新平湯温泉）

美容師はハサミ持つ手を休めずに鏡の中の吾と会話す

一年振り訪ふバンコクはあちこちに棒グラフのやうビルの建ちたり

挨拶せぬ日本へ戻り吾が顔の無表情さを鏡の映す

スターは初孫――一九九七

日本人に外人も混じる　天皇の祝ひのお言葉いたく短し（新年参賀）

四世代集ひ三人の「母の日」を祝ふ宴《うたげ》のスターは初孫

水張りて濁れる田の面に首を上げ静かに泳ぐ蛇にたぢろぐ

肩書にこだはらぬ夫に昇格を祝ふ電報次々届く

泣く孫に何本かの手差し出さる迷ひながらもその母選ぶ

好奇心溢るる義母は九十歳美浜原発を車椅子で巡る

旅に買ひし毎日新聞の短歌欄師の名太字で紹介されゐる

嫁ぐ日の近き娘と川の字に床を並べて過ぎし日語る

見慣れたるジーパン姿のわが娘輝くばかりの花嫁となる

結婚を人前に誓ふホテルの庭バージン・ロードは秋陽あまねし

わが死後に遺すものなきを嘆きしが娘《こ》らの存在心をよぎる

夫照れながら――一九九八

部下なりしキャサリンに夫は抱きつかれ照れながら吾《あ》の視線を探す

たまさかに同じミスなす夫と吾パソコン教室なごみの生れる

娘が使ひし積み木を孫に届けむと混み合ふ電車に吊り革探す

梅雨晴れの風に栗の木連獅子を舞ふごと黄色の花房揺らす

船長は三十六ヶ国から二千人の乗客居りと誇らしく告ぐ
（ヴィジョン・オブ・ザ・シーズ号）

穏やかな海照り返す丘に咲く紫スターチス両手に摘めり（マヨルカ島）

プラタナス咲くミラボー通り十七世紀の雰囲気のなかコーヒー啜る（南フランス）

ポンペイのパン屋の跡に背丈越す挽き臼に触る夏陽の強し

産みをへて稲荷ずし欲する娘《こ》と吾は「似た点もある」と顔見合せり

皺寄りて孫の忘れし風船の「アンパンマン」は部屋隅にあり

スポットライト――一九九九

ほどきたる亡母《はは》の着物を携へて洋裁習ふ五十歳越え

熱気ある若きらと共に学びゐる英会話クラスほど良き緊張（NOVA）

久しぶりお節料理の腕振るひ九十一歳の姑《はは》に屠蘇汲む

娘《こ》と夫とカヌー漕ぎゐる水麗湖ふとコソボ思ふ戦禍にあへぐ

飾るのに七日掛かりし「ちもと」の雛お祓ひ受けて霊気を放つ（京都）

日々通ふ道のれんげ田一夜さに掘り返されて道順替へる

桜川の一角に建つ師の歌碑を探しあてたり夫と読みゆく

雨の日も歌劇場前に花持ちてファンが待ちゐる宝塚に住む

参道沿ひ店の看板読みながら清荒神《きよしくわうじん》へ二キロの散歩

共に摘みし土筆の袴取りながら話弾めり遠く来し娘《こ》と

白無垢に綿帽子被る花嫁の手を引く吾もスポットライトに

三代揃つて――二〇〇〇

二十基の松明立てて燃え盛り浄めつくせり鞍馬の火祭り
（二十一世紀京都幕開け記念）

抱へ練る四メートルの松明に「サイレヤ・サイリョ」の掛け声勇壮

義母交へ三代揃つて新世紀の新年迎ふ屠蘇で乾杯

友や娘《こ》と離れ住みゐる姑《はは》なれど背筋真つ直ぐテレビ楽しむ

桜の精のり移るごと玉三郎雅な踊りに見惚れてをりぬ

月の夜を日・米人で盆踊り　輪に加はれり目黒八芳園（日米協会）

抜群の記憶力にて我が娘《こ》らの近況を確かむジムの大声

学び教へしオーバン大の学長は日系二世のハンサム紳士

横浜より「ママに叱られ」と関西へか細き電話　真波三歳

アパートを建てし亡母の顔浮かび売却の決意しばしば鈍る

ふる里に皇太子夫妻泊りたる記事をいつきに懐かしく読む（駿河平）

三人で寒さに足を踏み鳴らすグランドキャニオンの日の出待ちゐる

水仙に吹く山風に落ち武者の声かとまがふ呻きを聞けり（淡路島）

去つてゆく舟に手を振る俊寛の仁左右衛門への拍手高まる

憧れの市松人形二体目を「歌舞伎や」内に仔細に選ぶ

ベランダに綿の木一本育てをり住みしアメリカの綿畑浮かぶ

「薙刀の鉾」見やりつつ人波に逆らはず巡る宵山祭り

美容院でセットしてから病院へ行くお洒落な姑《はは》九十三歳

わが死後を悲しみくれる男《を》の子持たず姑亡き後を夫引き籠る

骨折する――二〇〇一

五時間を冬から夏に飛び越えてクアラルンプールにTシャツ軽し

マレー鉄道の車窓に椰子やゴムの木を連れて向へりシンガポールへ

ラフレシア世界最大の花褐色　葉も茎もなく一メートル余（淡路花博）

二千年の歴史思ひつつ果てしなき天山巡る城壁に佇つ（万里の長城）

京劇の誇張されたる貌の線　歌舞伎のルーツか隈取り思ふ

磨かれた廊下の先を若き僧滑るがに行く青き項見せ（高野山）

滑り台に滑り損ねて骨折す読みゐる本は「老いの周辺」

空仰ぎ大き口開け笑みてゐる木彫りの翁に父の重なる（前島美術館）

孫二人と——二〇〇二

いつの間にキャリア・ウーマンになりしかと保証人欄の娘《こ》の名を見詰む

四歳と二歳の孫と空の旅　夫は出迎へ大きく手振る

真剣な眼に促され紙芝居を声優となり孫に聞かせる

幼ふたり遊び疲れて熟睡のかたへにいつしか吾もうたた寝

憧れの川添ひの家に移り来てひと日始まるせせらぎの音

クイーン・エリザベス号が初に供する梅干しと粥に癒えたり船酔の朝

「スカーレット・オハラ」に変身させむと母の日に娘《こ》はスタジオに吾を連れ行く

三味線と太鼓に混じり胡弓の音八尾の街に哀しさ染みる（おわら風の盆）

苔むした芭蕉の墓は二尺ほど　白萩の花ひと本咲ける（義仲寺）

マンションは防音装置のかなはずとワインレッドのピアノ手放す

川沿ひに蛍の好む木の並び何万の灯を纏ひ耀ふ（マレーシアのクリスマスツリー）

夫転職へ　――二〇〇三

退職を転職と言ひ新しき職種探せる夫の挑戦

I《アイ》・S《エス》・O《オー》の審査員なる登録を名簿に確かめ夫に乾杯

資格生かし就職せむと応募する夫の封書の束は重たき

温泉へ娘《こ》らの家族とその義父母ら招きて裸の交はり紡ぐ

雨降れば二割引きなる焼き立てパン夫はいそいそ傘さし出向く

「継続は力なり」との師の言葉しみじみ思ふ受賞の席に

友の家《や》に起き出す迄を布団にてあれこれ話す姉妹のやうに

黒石に紛ふ牛の散らばりて由布岳のふもと陽は沈みゆく

二十八階スカイラウンジに蘇州の灯り乏しき街を見下ろす

松明はくるくる廻され舞台廊に若き持ち手の顔浮き沈む（二月堂お水とり）

観光バスに乗り合はせたるビル夫妻明日同じ船に乗るを告げあふ（ノールダム号）

それぞれの色に咲きゐるリラの花石畳に映ゆ中世の街（タリン・エストニア）

両親の老後のために二十年かけ作りしとふ豫園に佇む（上海）

子育てと仕事に励む娘《こ》のそばに移り住まむと不動産屋訪ふ

尾瀬沼は願ひ通りの青空に水芭蕉の花競ひ咲きゐる

娘《こ》をひと月手伝ひ終へし　車窓に丹沢山系夕映えのなか

バランス取りよちよち進む吊り橋の五十メートル下は十津川（谷瀬吊り橋）

マレーシア二十日間――二〇〇四

朝陽さす川面を滑る鴨一羽波紋二すぢ対称に曳く

加薬飯おひつに入れて賜ひたり老いたる人の温き心と

マレーシアに居し二十日間お化粧を忘れ地元に慣らされてゆく

船が曳く綱を頼りて大空で手を振りてみる浜辺の夫に（パラセイリング）

海胆の棘ささりし足の痛み薄れシュノーケリングでサメと泳ぎぬ（ランカウイ島）

下膨れ三十七メートルの伏し目がち極楽寺観音親しみ湧けり（ペナン島）

触れるがに見える距離にて豹二匹ナイトサファリは人気を集む（シンガポール）

「ロングバー」で「シンガポール・スリング」飲む夫とピーナツかじるラッフルズホテル

二十名の団員のうち二名逝き十名集ふ二十三年重し（静岡県家庭婦人海外派遣団）

団長の作「パリ旅情」歌ひつつムーラン・ルージュ彷彿とする

散歩にて出来上がりゆくマンションを眺めてをりき住むとは思はず

住人のお客を泊めるゲストルーム・パーティルームを十九階に持つ

日課なりし工場巡りは十年振り　案内《あない》され夫の目配り鋭し（サーマレックス社）

ロイスより学びしことの多かりき英語・自立心・宗教心など

再び は会へぬと思ふロイスなり見送るテールランプが滲む

ホテルまで粥と梅干しの届けられ友の気持ちもベッドに味はふ

クイーン・メリー2号――二〇〇四

友夫妻とニューヨーク港で乗船すクイーン・メリー2号処女航海に

壊されしツインタワーを惜しみつつ「自由の女神」に見送られゐる

タイタニック号と逆の航路をクイーン・メリーはサザンプトンを目指し快走

それぞれに興味の違ふイベントの船室目指し夫と別れる

日本人を見かければすぐ自己紹介　警戒心は日本に置きて

川床に木漏れ日さすなか娘と食めば京懐石は涼しさの増す（貴船川）

母十三回忌 ――二〇〇五

あきらめは無用でしたね君子蘭の深く抱ける十個の蕾

学童に席を譲られ笑顔にて座すともしばしこだはり消えず

バリ島の高級ホテルに若者の日本語飛び交ふ我が物顔に

プールでは泳ぎをやめて皆見つむ緋色に染まる日没のアート（バリ島）

亡き母の見知らぬ婿と孫ふえて十三回忌墓前に集ふ

去年《こぞ》乗りしロンドン地下鉄爆破され無差別テロは身近に迫る

二〇〇四年に造船されし十二万トン部屋ゆつたりとシャワーは噴きあぐ（サファイア・プリンセス号）

翼ひろぐトーテムポールそれぞれに伝説語り流氷まぢか（ケチカン）

夫と歩む音だけ響く熊野古道切り立つ岩に足場を探す

すれ違ふ人も居なくて程よき時案内板に安心もらふ

浪しぶきを身に受け入る「崎の湯」に蟹一匹が岩を横切る（南紀白浜）

真優ちゃん誕生——二〇〇六

上・下に十五メーターの峡谷美　北山杉と保津川の藍（保津川下り）

見るべきと思ひつつ眼は逸れてゆく原爆被災の少女の顔を（広島原爆資料館）

五十余の人形棚に並べゐて買ひたる国の旅情湧きくる

古里はありがたきもの十六年の留守にも親しく会話が弾む

二十年続く集まりに再加入　夫の呼びかけに応へし六夫婦なり

セピア色となりし写真の雛まつり娘は同年の子の母となる

小学校の孫の父母会に代理なり場違ひながら若返りたり

娘《こ》の家にをりし五十日かつてなき悲しみのなか産後手伝ふ

「大当り」五百分の一の確率に娘《こ》は選ばれてダウン症児産む

染色体余分な一本を除くすべ在るはずなりと医師に詰め寄る

三度目の流産恐れ羊水検査受けぬ決断を娘《こ》夫婦はする

検査結果に異常ありしも中絶をする判断の難しさ思ふ

健全に生れし赤ちゃんまぶし過ぎ娘《こ》は疲れ果て個室に移る

記録的札幌の気温は三十二度娘《こ》の入院先へ道のり長し

地下鉄の天井に下がる風鈴が疲れし吾の応援歌となる（札幌南北線）

覚悟したる出産なれど障がい児抱きて娘の涙ひまなし

「隠したら吾が子哀れ」と娘《こ》は皆にダウン症児と静かに告げる

真優ちゃんの近所デビューは先づ隣家四十六センチの眠り姫のまま

生後一カ月真優ちゃん囲み親・祖父母が自立の道へ知恵を出し合ふ

おちよぼ口・大きな瞳・下膨れ・かはゆき真優ちゃん宝物です

「望まれて生れし真優なりかはゆい」と頬ずりしつつ婿は抱きしむ

「真優連れて世界巡る」と夫の声未来のある子元気に育て

真優ちゃんを抱つこするにはタイマーが活躍します女孫《めご》二人に

三人の孫娘

2013年ディズニーランド（浦安）のホテル

有利波　　真優　　真波

真優ちゃんと三姉妹なり従姉妹どうしが川の字なしてぐっすり昼寝

当日に届く便《びん》にと共稼ぎの娘《こ》へ惣菜作る朝日背にうけ

訥弁を返上したる同期生ガイドボランティアの名札かがやく

二十二冊の家計簿――二〇〇七

色あせし絵巻原画が男・女の哀しみ・業を語る声する（源氏物語絵巻展）

会場が千の耳となりハーモニカの「荒城の月」を吸ひ込みてゐる

家近く桜・遠きに箱根山・雪置く富士が我が家の窓に

ヒース原《はら》のどかに広がるスコットランド「嵐が丘」はイメージチェンジ

憧れのヒース車窓にうす紅や淡紫《うす》に咲く最盛期

送られし手作りいかなご照りのよく煮汁香ただよふ街を恋せり

真優は口「へ」の字にまげて差し出す手を泣いて拒否する生後十ヶ月

役目とて寄付集めさへ厭はずに夫は抽選の景品ふやす（駿河平区夏祭り）

保管せし二十二冊の家計簿を捨てむとせしも部屋に並べぬ

月給の四万円なる新婚時の献立浮かぶ食費の欄に

母の言葉「赤字を出すな」に励まされいつしか知りぬ節約ゲーム

市松人形三人の女孫に——二〇〇八

母が縫ひ旧姓記す腰紐を洗ひてをりぬ絹の柔きを

父が付けしわが名の三保の松原を夫と歩みて歌碑を読み継ぐ

同僚の夫婦三組が居酒屋に真顔となれる健康談議

心うちゆつたりと舞ひし「菊慈童」友と夫とが見守りくれし

真優つれて健常児の輪に入る娘《こ》の勇気と愛を吾は誇らし

真優抱きて「可愛い過ぎる」と言ふ孫も愛し過ぎます小学四年生

三体の市松人形三人の女孫に残さむ揃ひの着物と

「娘道成寺」藤十郎の舞ふ気迫「人間国宝」の文字ただよはす

黄金のちり緬の帯一筋に浜名湖上は夕日華やぐ

二十年続きし集ひ六組の夫婦それぞれ個性光らす

緑・白　翡翠の彩で「白菜」を彫りし十九センチみづみづとして

（台湾故宮博物院）

ぼんぼりの灯に照らされる抹茶碗　泡の緑を舌に遊ばす

夫の顔――二〇〇九

叔母の骨ちさきを拾ふ晩年を管で生きたる痩せし体の

今夜こそ完成せむと満月に紅き紐持ち吊るし雛に対く

結婚後初入院の夫の顔いびつな笑みで吾を見送る

新幹線をまたぎ二本の虹生《あ》れる別れし真優の未来がよぎる（神戸）

雪の降る田に倒れ臥す「鷺娘」玉三郎の美《は》しき指先

夫の言ふ「買つて来いよ」に再びを花舗に来たれり紅胡蝶蘭

頂きし英語の報酬仏壇に置きて嬉しく見てはうれしき

朝餉終へ自宅ソファーにくつろぎてそのまま逝きしと友のご主人

（エルダン氏）

布草履《ぬのざうり》作り始めて吾が部屋を捨てるに惜しき古着陣取る

六年間皆出席の孫讃へ「アイポッド」選ぶ聞きなれぬ品

それぞれにウズベキスタンのガウン着て近所同士がカメラに構ふ

（平山郁夫美術館）

パソコン前に ——二〇〇九

壊れたるパソコン前に不便さと開放感もつ真つ黒画面

八十一の芝翫が踊る江戸芸者縞の着物で粋と若さを

投票所を閉める間際に作業着の汗滲む男《ひと》ころぶがに入る

イルミネーション川幅いっぱい赤・黄・青　国慶節を夜船で祝ふ（蘇州）

ガラス越し百階からの上海は川を挟みてビルの森なす

空港へ「リニア・モーターカー」の初体験　時速を示す四百三十キロ

新造船パシフィカ号の乗船は欠伸かみしめ待ちし四時間

紀元前のスタートラインに構へたり走者の緊張わが身貫く

（ギリシャ・オリンピア）

下船して中世の都市の石畳　騎士団通りに迷ひこみたり（ロドス島）

白き街・碧きエーゲ海を見晴らしぬアクロポリスは荒き風吹く

工事中のパルテノン神殿仰ぎ見る「永久《とは》」を顕す銀ピアス買ふ

大阪に専門医求め娘《こ》と孫と師走の街をホテルに住まふ

砂漠茫々 ——二〇一〇

わが剝きし干し柿五十個窓越しに鼈甲色が夕陽に温し

紙風船芝生広場に萎みかけ転がりをりぬ連休の明け

手術後に眼帯外せし夫は先づ付き添ふ吾の皺数を言ふ

開場に皆が走れば吾も走る改札目指し殺気立つ人ら（上海万博）

「すずめ踊り」もろ手に扇子羽ばたかせ仙台の夏を蹴散らしてゆく

やうやくにすれ違ふ道「クフ王のピラミッド」内を背かがめ登る

ピラミッド百四十六メートルの残像を川の小鷺らゆるり消しゆく

駱駝の背で思はず歌ふ「月の砂漠」暑さ燃えたち砂漠茫々

十月に雪を置くかと見間違ふトルコの畑に綿の花満つる

図書館そば目立たぬ足の刻印あり花街へ行く方位示せり（エフェソス遺跡）

半世紀ぶり訪ひし母校に生真面目な青春が顕つチャペルに入り

娘の贈れる京のおせちが届きたり色良く並び元日を待つ

父母のふるさと――二〇一一

友育てし丹波黒豆　好物の娘と分け合ひて出来映え競ふ

停電に陽だまり求め部屋移る　零下の避難所の厳しさ思ふ（計画停電）

五十五階の風呂より眺む横浜の灯は海となり波と煌めく

原発の事故四週目うぐひすが「ホー負けないぞ・負けるな」と鳴く

ガソリンの品薄となり家うちに座してひたすら布草履編む

チチハルに生れし吾を抱き父母《ふぼ》の帰国せし幸《さち》終戦前に

中国語聞こえなければロシアかと紛ふ街並みハルビン繁華街

しつとりと夫ハーモニカを墓前に吹く「沼津夜曲」は父母のふるさと

にこにこと真優の口癖「だいぢやうぶ」が幼稚園児のはやり言葉に

鳴きもせず網戸にすがりし油蟬われと対き合ひその後は知らず

成績も部活も優る先輩を熱く語れる孫の目キラキラ

阿寒湖ほか——二〇一二

肝炎を治せし夫は断酒解きワイン片手に饒舌となる

釣り上げしわかさぎ置けばたちまちに動かなくなる瞬間冷凍（阿寒湖）

百余羽の丹頂鶴が雪原に遊ぶを数ふ興奮に沸く（阿寒国際ツルセンター）

夕茜丹頂の二羽は寄り添ひてゆたけく飛ぶをバス停に観る

ボランティア「地域支援」の人となり中学生をゆるり教へる（長泉中学校）

一対一で英語教へる女生徒のクラスに行けぬ理由は聞かず

着られる服捨つるつらさの断捨離を流行り言葉に乗りて断行

ほつれ来し亡母縫ひたる絹小袋ひと目ひとめを拾ひ重ねる

三十年前のわが誕生日プレゼント　オルゴールに添ふ拙き娘《こ》の文字

告発するごと——二〇一二

満開の「北上展勝地」の筈なるを四月二十四日蕾の固し（北上川沿ひ）

語り部の方言耳に柔らかし「どんどはれ」とて「ザシキワラシ」を（遠野）

大船渡に舞台の五十人ハーモニカを復興願ひ一心に吹く

市街地の陸前高田は更地化し告発するごと瓦礫のやま・山

同窓会に英文講義の機会あり　同級生の眼差し温き

旧姓で呼ばれる街に移り住み馴染みの店に吸ひ寄せられる（沼津）

真夜中を梅干しの香に目覚めゐる土用は訪ひ来るマンションにも

墓清め平和を祈る　カンナ咲く父の命日・終戦記念日

安土城に天界描く金壁画　夢もろともに三年《みとせ》で焼ける（信長の館）

船上にて――二〇一三

船上にロッククライミングの岩壁あり初めてなれどやる気ムクムク

垂直の十メーターの岩壁を頼れる石にひと足・ひとあし

（レジェンド・オブ・ザ・シーズ号）

船から見るライト・アップの上海が十一時より一気に闇か

孫演ずるチアリーディング県大会小柄な体の肩に友を乗す

捨てられぬトカゲバッグの三個なり二千円にて思ひ出も売る

東武線若き座席にわり込みぬ右にパソコン左にゲーム機

クリスマス友二人招き夜の街をご馳走として飲む赤ワイン

いがぐり頭——二〇一三

成人式　ハーモニカ吹く壇上で真っ直ぐな視線に心を込める

東京駅ホテルのバーにカクテルで夫と乾杯今日あることに

初めての娘の招きで温泉に上弦の月しみじみ見あぐ

雨上がり雪の富士山ピンクに染む夫との散歩百二十点

空《くう》を舞ひ連続タップのダンサーら若さの熱気が客席覆ふ（アイリッシュダンス）

長崎の爆心地まで友と歩み互ひの生活《たつき》や平和も語る

知覧より出撃前夜腕相撲の愛《かな》しさつのるいがぐり頭（知覧特攻平和会館）

札幌の娘の家にて誉めし米送りくれたり吾が沼津まで

北海道の冬大好きと夫の言ふ寒さ嫌ひの吾と異なる

半世紀前受験に訪ひし大学の校門くぐる　受講生なり

関西の友の勧める吊し雛を新宿の街ホテルに見入る

一日《ひとひ》かけ漸く一つ作る吾　五千さげの雛まぶしく光る

鈍感力わが欠点と思ひしに力《ちから》とたたふ世に生まれあふ

金毘羅さん七百八十六の階段を「あと一段」と唱へ登りぬ

ランドセルが歩いてゐるかの「まゆちゃん」後ろ姿を夫と見送る

「かづら橋」渓谷深く足すくむ平家落人の生活道路

翡翠色　吉野川沿ひ白岩に波模様続く二億年経る（大歩危峡）

異国にて——二〇一三

異国にて夫の忘れ物三度《みたび》なり何故か戻るも疲労困憊

仮面付けテノール歌手が目の前で激しさあらはに「カルメン」歌ふ
（ブダペストオペラ座）

ドナウ川にライトアップされし「くさり橋」ひと際光るを船は分け行く

ベルギーの風力発電機廻りをり原発事故の日本を憂ふ

「この建屋《たてや》ガス室なりし」とガイド告ぐ骨組みだけが悲しみ曝す

（アウシュヴィッツ）

ガス室の脇に生えゐるペンペン草歴史語らず夏陽に揺れる

ガラス越し積み重ねられた靴の山幼のものや婦人用目立つ

冷徹な収容所の所長敷地内に家族住まはせ優しきパパなりき

テラスにて緋色の太陽海に入る景を見守り夕餉の支度

ハーモニカ吹く――二〇一四

初日の出若き等の数ふカウントダウン香貫山頂に大きく響く

お年玉弾めば女孫両の手に洋服買ひて凱旋をする

訪ひし姉に義兄の介護手厚かりふらつく歩みをしつかと支ふ

一月五日初ボランティア　五十人にハーモニカ吹く佳き年であれ

夕焼けの天空占める茜色石焼き芋の売り声流れる

船ひとつ伊豆大島から利島向き尺取り虫で波間を進む（下田より見る）

五本目の飛行機雲は機体見せ太き一文字《いちもんじ》天空に描く

「ワイン城」五十年経て利益上げ福祉豊かな街を見下ろす（北海道・池田町）

六人が欠けず集まりランチ食むたやすく戻る五十年前

強き風駿河の海を埋め尽くし流氷に似る白浪立たす

吹奏楽励みし孫の夢かなへむドイツ・ウィーンの旅程が届く

そそりたつケルン大聖堂　階段を孫と登りぬ五百三十三

急がずに螺旋階段登りゆく頂き目指し無口となるも

金網越し百メートルの尖塔より見下ろす市街にラインの流れ

城思はす巡礼教会「ヴィース」へ入るフレスコ画やさし天使が迎ふ

アルプス背に緑の屋根と白き城中世の騎士現はる予感

（ノイシュヴァンシュタイン城）

「ローレライ」の曲を聴きつつ岩を過ぐ舟人まどひし伝説妖し

ウィーンならカフェでコーヒー・ケーキをとオペラ座眺め孫と食みたり
（カフェ　コンディトライ）

ひさしぶり訪ひしギャラリーの女あるじ穏やかな笑みにシックな服装

手造りの野菜に牡丹一花《いっくわ》添へ友送り来し華やぐピンク

ぶれず目指せし――二〇一四

同じ映画を暗がり恐れず二度も孫ねだりて観たり　娘《こ》の笑み深し

（アナと雪の女王）

健常児と違ふ悩みの子育てをやつと乗り越えし娘《こ》　芝生が清し

朝顔を冊子通りに育てる夫初めてながら双葉伸びゆく

川風の頬をなでゆく狩野川沿ひ灯籠の灯とゆるり歩めり

朝六時漕艇部員の川下るオール八本機械となりて

雨降りの買物ルンルン傘持たず屋根下伝ひて揃へる惣菜

鴉あまた横断歩道の頭上飛ぶ　御嶽山の噴煙続く

男二《ひと》人が木製そりの人力舵《かぢ》　夫と乗るスリル二キロを走る

（大西洋のマデイラ島）

石の道カーブに来れば男らの体が頼り木橇あやつる（木ぞりをトボガンと呼ぶ）

合格を告げゐる孫の声弾むぶれず目指せし初等教育学科

跋

藤岡武雄

歌集の題名『マグノリア』は、遠井美保さんのバック・ボーンを表象する木の名前です。アメリカでの生活の中で、住居の周囲に亭々と茂る大樹マグノリアは、日本名で泰山木と言います。初夏には、芳香を漂わせ、大輪の白花を咲かせます。

　アメリカで家族の絆ふくらみぬ庭にマグノリア白く咲きみつ

と詠まれ、常に著者の想念に顕われる木だそうです。

この歌に詠み込まれているように、家族の心を支えてくれたのが「マグノリア」であった訳です。外地の生活の中で、まさに心の支えとなった木であったということです。

このマグノリアの樹の下、家族の絆を育みながらすごした生活記録の歌集でもあります。

だが、単なる記録的歌ではありません。

夫の米国駐在のため、アメリカ生活となった著者、

日本での最後の晩餐娘らが吾を招きて刺身のご馳走
成田にてわが機見送る娘《こ》らの視線深く感ぜり離陸の時に
頼れるはじつくり話せる家族のみ異国で堅き絆を紡《つむ》ぐ
「お母さん幸福な結婚良かつたね」と言ひ置きし娘《こ》のあき部屋に座す
嫁ぐ日の近き娘と川の字に床を並べて過ぎし日語る
共に摘みし土筆の袴取りながら話弾めり遠く来し娘《こ》と
「父」「母」の日を祝はれて今更に娘《こ》らの自立を嚙みしめてゐる
泣く孫に何本かの手差し出さる迷ひながらもその母選ぶ
生後一カ月真優ちやん囲み親・祖父母が自立の道へ知恵を出し合ふ
おちよぼ口・大きな瞳・下膨れ・かはゆき真優ちやん宝物です
四世代集ひ三人の「母の日」を祝ふ宴《うたげ》のスターは初孫

このように家族の絆は、しっかりと築かれています。その姿が具体的に描かれて明かるい歌となっています。

第二の特色は、嘆きやくやしさ、悲しさ、淋しさ等、負の歌が詠まれてないことです。

見も知らぬデンマークからの客のため鼻歌まじりに障子張り替ふ

半世紀ぶり訪ひし母校に生真面目な青春が顕つチャペルに入り

常に前向きに生きている著者像が浮かび上がります。

第三の特色は、生き生きとした映像を動的に捉らえ、鮮明に描いていることです。

遠目に見る合掌造りの障子の白夏の陽ざしを弾き返せり

の「弾き返せり」、

美容師はハサミ持つ手を休めずに鏡の中の吾と会話す

の「鏡の中の吾と会話す」、

一年振り訪ふバンコクはあちこちに棒グラフのやうビルの建ちたり

の「棒グラフ」の比喩、対象をよく視つめ、詳細に描いている歌、

五十五階の風呂より眺む横浜の灯は海となり波と煌めく
船ひとつ伊豆大島から利島向き尺取り虫で波間を進む（下田より見る）
五本目の飛行機雲は機体見せ太き一文字《いちもんじ》天空に描く
強き風駿河の海を埋め尽くし流氷に似る白浪立たす

旅の歌から

駱駝の背で思はず歌ふ「月の砂漠」暑さ燃えたち砂漠茫々
ピラミッド百四十六メートルの残像を川の小鷺らゆるり消しゆく

福島の原発事故を詠んでも、

原発の事故四週目うぐひすが「ホー負けないぞ・負けるな」と鳴く

被災者に対し、くじけるでないぞと応援の声を送るなど、前向きの歌を詠んでいます。

これらの歌は、秀歌といってよく、特色のある歌集です。
多くの方々に読まれることを願い、今後を期待してやみません。

平成二十七年四月吉日

歌集発刊に寄せて

妻から「本を出したい」と言う話を聞いたのは十年も前の事だったかと思う。「この人何か夢でも見ているのかな?」位の思いで気にも留めなかった。それが本当に実現する事になった。

「あるご」と言う言葉は良く聞いていた。仕事でアメリカに住んでいた時も毎月エアメールで送っていた様だ。

「人生の記録」との事であるが、そうなるとこちらにも何か降りかかってきそうであり内心穏やかでない。が、自分もこれに乗るのも悪くないか、これで私の生きた証拠にもなるか、と勝手に割り切る事にした。

おそらく喜怒哀楽を共にした我が家の人生がありのままに詠われているのではないかと思う。

ここまで来られたのも藤岡先生のご指導あっての事、また良き仲間に恵まれたお蔭と思う。感謝致します。

とにかく「良くやったね。おめでとう。」と言ってやりたい。

二〇一五年三月

遠井義興

あとがき

「あるご短歌会」に誘われて始めて短歌なるものを作って三十年経ちました。この間短歌は私に向いていないのではないか、と思い幾度となく辞めることを考えました。

藤岡武雄先生の「継続は力なり」星谷亜紀先生の「作らなければ何も残らない」との励ましに支えられ、又引越しで行方不明になった私の歌を印刷して下さった先輩の山内美緒さんの後押し、歌友との語らいなどで今日まで続ける事が出来ました。有難うございました。

いつしらと子供や孫に「私の生きた記録」として残したいと思うようになり今まで「あるご」誌に発表した私の作品から四百四十一首を選びました。

題名「マグノリア」は、アメリカ南部に咲く白い花（泰山木）です。在米中の我が家の廻りにもたくさん咲いていてよく思い出します。又この期間は私にとって人生の「華」の時代でもありました。

私の人生に大きな影響を与えた事が二つあります。一つは宗教、もう一つは三十七歳の時の欧米五ヶ国訪問（二十三日間）です。学校卒業後入社した会社で外人の部屋に配属され英語の力不足に悩み退職を考えましたが信仰を持つことで乗り切り、二年余の会社生活を楽しく終る事が出来ました。その後の人生の指針になっています。二つ目は静岡県の家庭婦人海外派遣団のメンバーとして視野を広げ独・米ではホームステイを体験しボランティア活動を学んだ事です。

華の時代は遠く過ぎ去りましたが、これからの人生も健康で有意義であれと念じて居ます。

短歌三十年の年月は長かったのですが、未だ皆様に深く感動してもらえる様な歌が出来ません。「マグノリア」は短歌で綴った「人生記録」と考えています。

念願の歌集を編むにあたり藤岡武雄主宰には跋文を始め校正など種々ご指導を賜り感謝申し上げます。現代短歌社道具武志様、今泉洋子様には種々ご配慮を頂きまして厚く御礼申し上げます。

二〇一五年四月吉日

遠井美保

略歴

1943年３月　チチハル（旧満州）に生れる
1980年10月　静岡県家庭婦人海外派遣団員（欧米５ヶ国訪問）
1985年　あるご短歌会入会
1990年～1994年　アメリカに住む
（アラバマ州、モンゴメリー市）

歌集 マグノリア

平成27年６月15日　発行

著　者　遠　井　美　保
〒410-0801 沼津市大手町1-1-6-1004
発行人　道　具　武　志
印　刷　㈱キャップス
発行所　**現代短歌社**

〒113-0033 東京都文京区本郷1-35-26
振替口座　00160-5-290969
電　話　03（5804）7100

定価2500円（本体2315円＋税）
ISBN978-4-86534-099-0 C0092 ¥2315E